살아간다는 것은

살아간다는 것은

발행일   2023년 05월 24일

지은이   김진선
펴낸이   손형국
펴낸곳   (주)북랩
편집인   선일영   편집   정두철, 배진용, 윤용민, 김부경, 김다빈
디자인   이현수, 김민하, 김영주, 안유경, 최성경   제작   박기성, 황동현, 구성우, 배상진
마케팅   김회란, 박진관
출판등록   2004. 12. 1(제2012-000051호)
주소   서울특별시 금천구 가산디지털 1로 168, 우림라이온스밸리 B동 B113~114호, C동 B101호
홈페이지   www.book.co.kr
전화번호   (02)2026-5777   팩스   (02)2026-5747

ISBN   979-11-6836-904-7 03810 (종이책)

김진선 두 번째 시집

살아간다는 것은

북랩

살아가면서 배움에 늦은 것은 없다는 것을 알게 되었다.
단지 깨달음에 조금 늦다는 것밖에. 그래도 끝까지 여기까
지 오게 하셔서 감사하다. 시간이 여유로워지고 무엇이라도
해야 하는 그런 삶이 되었다. 바쁜 나날에 내 삶은 내가 책
임을 져야 한다.

이제 혼자서도 잘 노는 나의 삶이다. 그동안의 것들을 정리
해 한 권의 시집으로 묶는다. 그러나 아직도 솔직히 부끄럽
다. 하지만 잊거나 피하기보다는 추억하고 그리워하는 쪽
이 낫다는 생각으로 용기를 내 본다.

 그분의 섭리를 따르다 보니 기도하는 마음으로 그분의 뜻
에 따라 움직여진다. 그분은 언제나 나에게 이런 좋은 시간
을 갖게 하시고 혼자서도 외롭지 않게 길을 열어 주신다.
그분에게 맡기고 함께 가다 보니 두 번째 시집을 내게 되었

다. 배움의 길도 열어주시고 항상 감사하며 살았더니 큰 선
물을 주신다.
배우고 잊는 것이 많지만 그래도 다시 지혜 주시니 감사하다.
하나님 감사합니다.

2023년 여름

차례

제5부

기
도

해설

반듯하고 정갈한 삶의 무늬

제1부

봄이 오는 소리

봄이 오는 소리

태양이 빛나는 오후
파란 하늘이 춤추며 달려온다

눈으로만 보아도
새싹이 돋아나는 소식이다

마음이 가는 곳에 꽃을 심는다
피어나는 순간 활짝 웃으며 간다

올해도 반짝이는 봄
등 따스한 소리 들려온다

어머니의 등

구십 줄에 든 어머니
등에서 거북이가 보이네
얼마나 세월이 갔는지
등만 보이고 얼굴은 보이지 않네
자식들 손잡고 가야 하는데
야속한 세월은 등 굽혀 놓고
어디로 갔는지 보이지 않네
붙들지도 못하고
혼내지도 못하네
무릎 꿇리지도 못하는 세월
저 혼자 가네

자전거

옛집에 자전거 한 대
아버지처럼 서 있다

말 없고 투박한 모습에
낯익은 얼굴 하나 보인다

언제나 바쁘던 둥근 바퀴
얼마나 굴러갔을까

세월 속에 늘어진 그 모습
모두가 떠나간 뒤에도
홀로 빈집을 지키고 있다

뛰는 말

- 이건청, 「산양」 모방 시

아버지 등에 능선이 보인다
그 옛날 아버지는 큰 산인 줄 알았다
언제나 감싸주고 안아주는
태백산맥이나 소백산인 줄 알았다
군자산 골짜기에 흐르는 물을 보며
편안하게 내려와 물 먹는 줄 알았다
언제나 바쁘게 뛰어다니는 바쁜 말
굽이 닳도록 허덕이며
동에 번쩍 서에 번쩍하던 그때
등에 태워 도랑을 건네주는 그 마음을 몰랐다

이제 늙은 몸 되어 뒤돌아보니
낯익은 얼굴 하나 보인다
말에게 물 한 모금 주지 못하고
빈 마구간에 우두커니 서 있는 내가 있다

충전

가다가 힘들면
쉬었다 가라고 잠을 주신다

핸드폰처럼 충전하여
다시 깨어나면
몸과 마음 되살아나고

늘 감사하며 살아가니
새로운 세상 열린다

나무에 물오르면
잎 돋고 꽃 피듯이
날아갈 듯 다시 깨어나는 하루

봄날

파릇파릇 새싹들
새 나라 만들었다
여기저기 연분홍 꽃
연둣빛의 향연들

둥근 나무 둥근 마음
둥근 나라 만들었다
가녀린 잎새
갓 태어난 아기처럼
때 묻지 않은 마음

깨끗하게 살아라
그 마음 나누어 주려
여기까지 왔다

홀로 산책

봄이 오는 길목에서
새소리 새롭게 들린다

꽃들은
소리 없이 웃고
살아온 날들의 세상사
마음의 얼룩도 잘 보인다

가슴속 웅어리진 마음 밭
조용히 안아 본다

봄동

눈밭에 파랗게 널브러져 웃고 있다
얼마나 급하면 속까지 훤하게 보이면서
옷깃도 여미지 못하고 세상에 나왔는지

너처럼 당당하게 살아가야 하는데
춥다고 싸매고
자기 몸 하나 단속 못 하다가
너에게 의지하여 힘을 빌린다

네 몸은 입맛을 돋우고
나른한 봄을 깨운다

감자의 봄

움막에서 잠을 잔다
목마름에 견디다 못해
어미젖을 먹으면서
여기저기 움텄다
비껴가는 햇살이 요동치는 오후
엄마 품에서 떨어져 나왔다
홀로서기 하면서
고통의 순간은 지나가고
새로운 세상이 보인다
꽃도 피고
나비도 찾아왔다
뿌리 깊은 우리 가족
알알이 커간다

살아간다는 것은

길 찾기

어느 길 갈지
알 수 없지만

수없이 저지르고
가다 보면 아는 길

오늘도 찾지 못하고
길은 보이지 않지만
가다 보면 알게 될까

보일 때까지
가는 거야

그 길은
이면 길일까

기다림의 나무

조용히 쉬는 동안
나를 흔들고 지나가는
바람이 붑니다

기다리지 않아도
찾아오는 어둠 속에
포근히 안아주며 기다리라 합니다

세월이 지나
그대 얼굴 잊혀갈 때쯤
이른 봄날 눈발이 흩날립니다

조금만 기다려라
나를 흔들고 지나가는 바람
봄이 다시 찾아옵니다

살아간다는 것은

갈등

이 생각 저 생각
마음을 정하지 못한다

갈등이 오기 전에
마음을 정하고 가자

마음을 정하고 나니
계획이 생기고

눈을 떠 보니
세상이 다시 보인다

동행

둘만의 만남은
하늘의 뜻이었지

험한 길 마다하지 않고
언제나 웃을 수 있는 것은
서로에게 믿음이 있기 때문

얼굴엔 비록 세월의 그림자
겹겹이 쌓여가지만
그래도 수많은 길 중에서
함께 가는 길

마음속 깊은 곳 사랑만 있으면
그 길, 꽃길 아닌들 어떠리

기대는 희망

마음을 정리하고 자세를 바로잡고
쌓아가는 긍정의 힘
희망을 거울삼아 길을 간다

힘들지만 입으로 되뇌며
발자국 크게 딛고
다시 한 번 힘차게 걸어간다

잊었다고 생각할 때
몰려오는 안도의 숨결
기다리다 지쳐도 실망하지 않는다

긴 호흡 긴 발자국 남기며
마음을 굳게 먹고
날갯짓하는 하루가 간다

마음이 흔들릴 때

마음을 가라앉히고
조용히 생각해 봅니다

흔들리는 시간
지나간 일들을 되뇌어 봅니다

아직도 살아있는 일들을
하나하나 접어 봅니다

다시 새로운 생각으로
마음을 달래봅니다

살아간다는 것은

갈대밭에서

하늘거리는 품속 여인의 속삭임
말 없는 몸짓 그는 알고 있을까

언제나 쓰러질 듯 춤을 추다가
다시 일어나 수줍어 웃고 있다

아무리 바라보아도 그 마음보이지 않아
변함없는 흔들림에 머리 숙인다

가볍게 손 흔들며 미소로 답하면
내 마음 알고 있다는 듯 고개 끄덕인다

스산한 내 마음 보듬어 주는
얄밉고도 고마운 바람의 친구

백년 인생

말씀 듣고 깨달으면서도
실천하지 못하니
자신을 낮추는 겸손함
언제나 알게 될지 모른다

부모 잃고 그 마음 알고
나라 잃고 소중함 알듯이
있을 때 잘하란 말
공연히 있는 것 아니다

감사함으로 그 문에 들어가면
섬김과 삶이 즐거워지고
백년인생 살지만 드릴 것이 없으니
순종하고 살면서 내 삶을 드리자

방황

올해는 그리하지 않겠다고 다짐해 놓고
수없이 저지르는 말
요리조리 머리 굴리며 피해가다가
누구도 그러는데 하며 둘러대다가
가진 것 많다면 핑계하며 비껴가놓고
제 쓸 것 다 써버리면 나눌 것 없다
조금이라도 먼저 돕고 먼저 사랑하면
마음이 따뜻해지는데
그것도 모르고 순간 방황하고 있다

제2부

눈길 머무는 곳마다

나이아가라폭포

세 개의 강이 모여 폭포 이루고
강폭에 싸여 긴 치마 둘러 입으니
물안개 속으로 거대한 물줄기
끊임없이 이어져 넘어온다

몸도 흐르고 마음도 흐르고 천지가 흐른다
햇살 사이로 무지개 꽃 피면
일곱 가지 황홀함도 덩달아 흐른다

낮과 밤으로 달라지는 나이아가라폭포
하늘에서 내려다보는 거대한 자연
웅장한 물줄기 쉴 틈이 없다

기세등등한 물줄기 밀어 붙이니
바위는 지쳐서 감당 할 수 없고
미국과 캐나다를 사이에 두고

나의 다짐

- 진도 운림산방에서

벗어 논 신발처럼

가만히 있기가 싫다.

걸어 놓은 달력처럼

가만히 걸려있기가 싫다.

무엇이라도 해야 하는데

그래도 문학반이 있으니

거기에는 새 소망이 있다

어려운 길을 간다고

사람들은 말하지만

내가 몰랐던 것 알고 창작도 해보고

때로는 힘들고 막힐 때도 많지만

소치는 십여 개의 벼루에 구멍을 냈다는데

나는 하나의 벼루에도

구멍을 내 본 적 있었던가

　　　　　　　　　　살아간다는 것은

누가 뭐라 해도 끝까지 가는 거야

하나의 신발이 다 해질 때까지

달력이 매달 넘어가듯이

언제가 될지는 몰라도

하루하루 기쁘게 사는 거야

詩歌누리 집

손 글씨 돌기둥 마음의 문 열고
정자에 앉아서 사계를 바라보는
그 집엔 자연이 숨 쉬고 있다

봄에는 온갖 새소리 들리고
천사의 나팔소리 들으며
푸른 하늘이 찾아오고
장독대에 장이 익어간다

하얀 지붕 위에 순한 서릿발 내리면
병풍처럼 단풍들이 울타리를 만들고
마당에는 국화꽃이 꽃길을 만든다

살아간다는 것은

쪽빛 하늘 보이는 창가에
튀밥 같은 별이 쏟아질 때면
달님이 살며시 얼굴 내민다

그곳엔 자연이 숨 쉬고
뒤뜰에는 도토리 떨어지는 소리
시인의 가슴속이 영글어 간다

시내산

별빛이 빛나는 하늘
낙타 타고 오르며
타박타박 낙타 발굽소리 듣는다

황량한 산길
모세가 십계명을 받은 산
봉우리 봉우리마다 말씀이 서려있다

광야를 떠나
만나만 먹고 살았던 40년
발자국 따라 험난한 고비 넘는다

유랑하던 믿음의 시련처럼
찬란하게 밝아오는 햇빛
모세의 호흡이 묻어난다

살아간다는 것은

새벽달

싸늘한 바람 옷깃을 여미게 하지만
둥근달 눈부시게 내게로 온다

어둠을 깨우는 밝은 빛
그리움의 빛 새롭게 피어나고
고단한 삶도 향수에 젖으며 간다

바라보고 또 보아도
싫지 않은 얼굴
어느새 십자가 위에
소리 없이 앉아있다

오늘도 나
달처럼 두둥실 떠간다

거울 · 1

한 번도 거역하지 않고
따라 하는 너
너같이 정확하게 살다보면
힘도 들 텐데
오는 사람마다 거절하지 않고
맞아주는 너
내가 웃으면 따라 웃고
내가 성내면 같이 성내고
이제 네 앞에 갈 때 웃으며 가리라
예쁘게 단장하고

거울 · 2

하루에도 몇 번씩
너만 보면 그냥 가기 싫어

네 앞에 서면
늘 받아준다

세월의 흔적 보기 싫어
지우려 하지만

너그럽게
밝은 미소로 답하고

언제나 용기 주며
희망 주는 고마운 친구

진천 농다리

내가 여기에 있는 것은
나를 만든 그분들 때문이다

내가 힘들지 않은 것은
많은 사람들이 나 때문에 쉽게
강을 건너갈 수 있기 때문이다

이제는 유형문화재 28호로
우리나라 유일한 다리라는 것
그 자부심 하나로 살고 있단다

멋진 다리들이 새롭게 태어나지만
편안히 누워 지내도 힘은 솟아나고
장마가 지면 흙탕물에 여러 날 잠겨있어도

살아간다는 것은

옛 고려 사람들의 지혜가 나를 지켜주어
이 자리를 천년동안 지켜왔단다

지금도 나를 밟아보려고
사람들 끝없이 오는
굴티마을 농다리

구름이 되어

어디로 가는지는 몰라도
파란 하늘에 둥둥 떠간다
온 세상 가릴 수 있다며
해님 앞으로 다가갔다
몸이 뜨거워지고
더 이상 갈 수 없었다
어디로 가야 하나
길은 보이지 않았다
떠돌다가 지치면
바다 같은 하늘에
하얀 돛단배 하나
띄우고 싶다

흙의 사명

매화꽃 붙여지고
석류가 만들어지고
온갖 좋은 뜻이 담긴다

달처럼 생겨서 달항아리
상상의 봉황새 그림까지
오동나무 이슬을 먹고 자란다

태초에 하나님도
사람을 흙으로 빚었고
흙과 함께 살다가
다시 흙으로 돌아가게 했다

러시아의 물결

- 예르미타시박물관 전시회

겨울궁전 앞에 서서
호호 입김 불며 포즈를 취한다

수많은 사람들의 생활 모습
클레오파트라의 죽음
인형을 안고 있는
뾰루퉁한 아이의 모습

살아 숨 쉬는 듯
생동감이 느껴지는 초상화
시대 따라 달라지는 마을풍경
고흐도 만나고 피카소도 만난다

살아간다는 것은

금으로 번쩍이는 화려함에 취해

마음으로 거닐어보는 궁전 계단 길

황태자가 되어보고 세례요한이 되어본다

평창, 겨울 동화

미끄러지듯 미소 천사 환한 불 밝히고
얼어붙은 하얀 궁전 막이 열린다

숙련된 몸짓으로 얼음 지치며
나비처럼 날아올라 살포시 내려앉는 한 쌍
잠자리 같은 몸짓 공중 날아돌고
다시 평형 유지하는 유연한 몸

부딪치며 미끄러져도 다시 일어나 칠전팔기
굽은 얼음길 타고 달리는 사인조
관객들 가슴을 졸이며 간다

끌어안고 한 마음 되니
하늘 높이 올라가는 태극 열기

살아간다는 것은

맑은 햇살 금빛 물결
박수 소리 요란하다

컬링팀 영미~ 영미~~~
겨울 동화는 끝났다

어느 날

조잘대는 잎들
푸른 얼굴 팔락이며 인사하네

올해도 더 푸르게
바르게 살아보자 했지만
활짝 핀 아카시아꽃 향기 마시며
힘없이 고개 숙였다

가족들 애태우며
입 다물고 지나던 그 세월
효녀도 효자도
어쩔 수 없었네

살아간다는 것은

숨 거두기 어려웠던

그 나날들 뒤로한 채

한 생이 떠났다

배움의 길

고개 너머 또 고갯길
모르는 것 알아가려니
하루하루 바쁘다

힘들면 쉬었다 하고
후회 없이 가야 한다

누구에게 말할 수 있을까
내가 택한 길인 것을
이제부터 용기를 갖자

가지도 않고 겁을 먹다니
참 잘했다 생각이 들도록

살아간다는 것은

습관

말씀으로 새벽을 열며
바쁘게 살아갑니다

연속되는 삶 속에
길들여진 버릇입니다

머리는 맑아지고
좋은 선물을 안겨줍니다

건너뛰면 모두가
아쉬운 시간들입니다

황혼빛을 찾아서

어둠 헤치고
어디로 가야 할지 몰라
방향감각이 서지 않았다

그래도 힘을 내어 가보는 거야
가다가 지치면 쉬었다 가고
천천히 가는 거야

터널 같은 삶이지만
밝은 태양이 비칠 때까지

봄이 있기에 가을이 귀한 것을 알듯이
옛 기억을 되살려 보는 거야
나에게 비치는 태양을 찾아서

살아간다는 것은

고난만큼 기쁨이 있는 곳
이렇게 고마운 것인지
내 평생 깨닫지 못했다

내 앞에 비춰주는 태양
이렇게 아름다울 줄 몰랐다
황혼은 최고의 밝은 빛이라는 것을

이제야 느끼는 마음이지만
시작하길 잘 했다
끝까지 가는 거야
밝은 빛을 찾아서

나의 본적

나의 본적은
맑은 햇살 가득한 골짜기의 봄
따듯한 어머니 품속 같은 곳

그 안에서 봄기운 담아내는 새싹들
찔레꽃 피는 동산
평화롭게 살던 그곳
내 마음속의 거울

비추면 비출수록 빛나는 품속
온갖 새들이 지저귀는 그곳
세월이 가도 꽃처럼 피어난다

살아간다는 것은

봄이 오는 길목에서

항상 피어나는 내 마음

이 봄이 가기 전에 전하고 싶다

다낭

해변을 끼고
고양이처럼 누워있는 땅
걷는 사람은 보이지 않고
부릉부릉 오토바이 물결
조심조심 버스는 물결 헤치며 간다

옥수수 망고가 흔한 곳
삼모작 쌀농사 주식이 되어
쌀국수가 유명해지고
'농라' 쓰고 일하는 농부들

온몸을 두드리는 안마사의 손길
아야야 소리치지만 미소로 답하고
연꽃잎 드레스 입은 민속춤

살아간다는 것은

나라꽃 자랑하며 연꽃으로 피어난다

세계에서 알아주는 바니산 케이블카
삼십 분 동안 산 넘고 넘어
넘실넘실 꿈속처럼 가고
귀가 멍멍하고 가슴이 서늘하여
무서워 떨면서도
안개에 묻히면 보이질 않아 아무것도

정상에서 내리면 프랑스인의 휴양지
웅장한 유럽풍의 집들
시간마다 음악소리로 관객을 부른다

가마도 지옥

구름 같은 수증기가 나온다
벳부 산속 마을 온천수
부글부글 끓는 흙구덩이
바닷물을 닮아 바다지옥
짜고 따끈한 장수약수
핏빛 같은 물
입김으로 불면
담배연기처럼 나오는 수증기
몰려드는 사람들
뜨거운 물에 발 담그고
삶은 계란 먹고 사이다 마신다
지옥은 아닌 것 같은데
가마도 지옥

카톡 수다

오는 소리만 들어도
급해지는 마음

아는 것도 많고
사건도 많아
허구인지 진실인지
믿어 보자구나

치료약도 많고
웃음도 많은
보따리 오고 간다

오늘도 희희낙락
재미나는 세상

변함없는 느티나무

언제나 그늘 만들어 주고 섬기는 마음으로
온몸이 비워지도록 큰소리 한 번
밖으로 내보내지 않고 그는 말이 없다

내장이 다 없어져도 누구 탓하지 않고
굳건하게 자라는 키만 큼, 연륜만 큼
마음도 넓은 너를 보며 고개가 숙여진다

속이 훤하게 들여다 보이는 몸이지만
새들의 보금자리가 되어주고
아직도 우리들의 마음을 품어주고 있다

살아간다는 것은

네 품속으로 비가 오면 찾아들고
숨바꼭질하던 그 품속은 변함이 없이
아직도 우리들을 품고 있다

동구밖을 바라보며 이제나 저제나
우리들이 돌아오기를 기다리며
예스러운 이야기를 품고 비밀을 지키고 있다

글쓰기 반성

이것도 쓰고 싶고
저것도 쓰고 싶고
밥을 했다가 죽을 쑤다가
죽도 밥도 안 되었다

한 가지만 쓰지 못하고
이것저것 쓰려 하는가
욕심이 많은 것인지
의욕이 넘치는 것인지

집을 가는데
이곳저곳 돌아다니면
언제 집에 갈 수 있을지

살아간다는 것은

책도 읽지 않고 생각도 하지 않고

어떻게 글을 쓰려 하는지

매일 똑같은 말 하면

어찌 새로운 글 쓸 수 있을지

어떤 삶

무슨 잘못 그리 크게 했는지
평생 삿갓 쓰고 방랑길을 나섰나
가다가 배고프면 시 쓰고
고향이 그리우면 또 쓰고
조상의 역적 오명 벗기 위함일까
살아있는 것에 대한 죄스러움일까
왜 사시사철 벗지를 못 하였나
삿갓 쓴 시인이여
얼마나 애달프면 평생에 삿갓 쓰고
방랑시인 되었나
그는 가고 없어도
시는 남았다
삿갓은 남았다

제3부

살아간다는 것은

살아간다는 것은

그렇게
만만한 것은 아니었다네

배추 같이 뻣뻣한 몸도
소금물과 함께 있으면
온몸이 부드러워졌다네

당근 같은 단단한 마음도
끓는 물 속에서 오래도록
참고 기다렸더니 부드러워졌다네

커피에 뜨거운 물 부었더니
온 집안에 향기가 났다네

그 향기에 취해 살다 보니
이 세상 살만한 곳이 되었다네

마음과 생각

근심은 무관심이 없애주고
마음은 좋은 생각이 주관한다

무엇이나 생각하지 말고
바른길만 마음에 두고 간다

쓸모없는 허상을 붙들지 말고
희망의 걸음으로 시작한다

아직도 사라지지 않는 생각은
멀리멀리 떠나보내야 한다

마음이 감당할 일만 보듬고 가자
언젠가는 기운이 솟고 힘이 난다

　　　　　　　　　　　살아간다는 것은

붙잡고 가는 것은 마음이지만

떨쳐버리는 연습도 해야 한다

학사모를 바라보며

홀로 가는 길 눈앞이 어두웠다
어디로 가야 할지 길은 보이지 않고
외로운 시간들의 연속

어려움 많아도 참아온 시간
이 시간만 넘기자고 다짐하면서
기다림에 익숙해져 갔다

얼마나 기다렸던 시간들인가
한고비 넘기면
키가 자라고 길이 열리고
참아온 세월에 종착이 보인다

살아간다는 것은

마음 열려 흐뭇한 걸음
이런 새로운 기분 모를 거야
이제 어디든 갈 수 있어
앞만 바라보고 걷는다

나혜석 『경희』를 읽고

암울한 1910년대
일반적인 여성들과 달리
일본에서 유학 생활하는
지식인 여성

경희 앞의 두 길
시집 가 편히 사는 길과
부모 반대 굴하지 않고
자신의 뜻대로 사는 삶

"여자도 사람이라오."

가부장적 관습 몸에 배어 있지만
예술에 대한 열정 가진 경희

황홀한 기도 올린다.

"하나님
하나님의 딸 여기 있습니다.
상을 주시든지
벌을 내려주시든지
마음대로 부리시옵소서"

그렇게 자유를 향해 질주했지만
자식 빼앗기고 이혼 당하고
비참하게 살다 길에서 죽었다
하나님께서 벌을 내리셨나 보다

긴 세월 지나
곳곳에서 그의 그림을 찾고
그 이름 소환하는 걸 보니
하나님께서 이번에는 상을 주시나 보다

리프팅을 타며

요술같은 의자에 앉는 순간
꿈같은 세상이 열린다

푸른 하늘 맑은 공기
꿈길을 열어주고
내려다보는 은빛 꿈속이다

공중에서 바라보는
장미꽃과 들꽃들
꽃 다리 놓아 춤추고
향기를 마시며 떠간다

살아간다는 것은

바라보는 눈 빛나고
조용히 살아가는 그 속에
숨죽인 것들과 속삭인다

시원한 바람의 연가
순간의 향연들
머리 위에 스쳐간다

청와대

정든 사람들 떠나보내고
푸른 기와집 말이 없다

궁금하던 이방인들
어찌 그리 많은지
줄지어 기다려도 싫은 내색 없다

빨간 융단 계단 오르며
환한 미소 짓는다

살아간다는 것은

모진 세월 지나온 소나무들

줄지어 인사하고

여기저기 숲속 사연 들려준다

무던히도 참아왔구나

이제 역사 속으로

다시 태어날 시간이다

비약산 노송

수십 년 동안 지켜온 이곳
나는 어디로 가야 하나

포클레인은
수천 부지의 땅을 파고
길을 만들었다

마을이 생기고
극장 문이 열리고
음식점 헬스장
과수원도 생겼다

난 어디로 가는지
알 수는 없지만

변하는 세상

'친환경' 바람이라니

그래도 참아야겠다

듣는 이의 복

듣는 자가 복이 있다고
말한 이 있으니
듣는 것도 복이 된다

모든 사람이 떠들면
시끄러운 세상
듣는 이 많아지면
조용한 세상

할 일 많은 세상
귀 기울여 들어보자
마음속 보물이 보인다

오랜 습관

잠에서 깨어나
맑은 마음에 시를 담는다
풀꽃처럼 빛나는
눈동자 잠을 깨우고
시를 담아 마음 밭에 뿌려본다
지나간 추억의 어린아이가 되어
봄기운 담은 꽃밭으로 가다가
고향집 그리워 머물러 보고
숨바꼭질하던 장독대에 기웃거리다가
온 동네 한 바퀴 돌아서 웃음 짓고
그래도 끝이 나지 않아
새벽기도 가는 시간
5분 전이네

착각의 각본

젊다고 생각하면 에너지가 넘치고
나이 들었다고 생각하면 기운이 없다

아직은 살만한 세상 마음은
하루를 살아도 긍정적인 삶을 살자고 한다

글을 쓰면서 연극을 하자
그 속에서 삶은 항상 젊음을 유지한다

누구도 따라오지 못하는 내 각본
언제나 긍정적인 생각으로 웃음을 웃는다

긍정적인 미소에 박수를 보내며
그렇게 살다보면 인상도 좋아진다

　　　　　　　　　　　　　살아간다는 것은

모두가 살만한 세상이 오면

모두에게 박수받는 그런 날 온다

롯데타워 전망대

온 식구가 엘리베이터에 올라
디지털 첨단 세계로 간다
123층을 1분 만에 오를 수 있다니
귀가 먹먹해지는 이 느낌
꽃피는 고궁 열리고
수족관을 감상하는 동안
하늘 문이 열린다
유리땅 낭떠러지에 서서
추억을 남기며
모형 장난감처럼 보이는
서울이 한눈에 들어온다
누구의 머리일까 비상한 첨단

살아간다는 것은

수영장에서

가벼운 마음으로 떠가는 배
어쩌다 흔들리면 물을 먹는다

두 팔 움직이고 편안히 누워 물장구치면
다시 둥둥 세상 등지고 간다

겁먹고 힘주면 가라앉는 배
들어왔다 나갔다 숨 쉬면 끝없이 간다

숙련된 몸짓에 그칠 줄 모르고
수족관의 고기처럼 하루 해가 짧다

폴과 비르지니 이야기

귀족에게 버림받은

라투르 부인과 마르그리트는 땅을 얻어

서로 의지하며 살아갔다.

라투르 부인은 비르지니를 낳았고

마르그리트는 폴을 낳았다.

두 사람은 가족처럼 의지하고

자연 속에서 자랐다.

농작물을 가꾸고 키우며

열매를 맺는 많은 나무를 가꾸고

어려운 이들을 도우며 성장해 갔다.

두 가족은 대화 중에 험담을 할 줄 몰랐고

마음속은 바깥세상을 향해

뻗어나갈 준비가 되어 있었다

풍요로운 결실을 맺어주던 자연은

폭풍우를 몰아 왔고,

폴이 가꾼 정원을 망가뜨렸다.

라투르 부인의 이모로부터 온 편지

그를 프랑스로 돌아오라 했고

쇠약해진 부인 대신 비르지니가 가게 되었다

두 가족의 결정보다 이모가 남길 유산에 눈이 먼

섬을 다스리는 총독 결정에 가까웠다.

헤라클레스에게 몸을 뺏기지 않으려고

비르지니는 한 손을 자기 옷에

다른 한 손을 자기 심장에 얹고,

담담한 시선을 높이 들어 올렸으니

하늘로 날아가는 천사와 같았다

순수하고 때묻지 않은 영혼들의 사랑 이야기

어른들의 욕심으로 두 사람을 갈라놓고

자연과 더불어 행복하게 살았던

그때가 몹시 그립지 않았을까…

어느 인생

- 송해 씨의 일생을 보며

원하지 않게 황해도 고향을 떠나온 청년
조금만 참으면 되겠지
코미디언으로 사회자로 가수로
열심히 살아온 세월
95세 나이로 기네스북에 올랐다

그 많은 사람들이 부러워하며
기다리는 '전국노래자랑' 시간
모두에게 감동 주고
남녀노소 가리지 않고 흥이 난다

웃음을 선사하는 그 열정
화려해 보이는 세월 속에
숨어있는 외로움

살아간다는 것은

사는 것은 무엇인가
기다림인가 일인가 재능기부인가

나팔꽃 같은 인생
그는 가고 없어도
오랜 여운 남아
살아가는 것에 대하여
'딩동댕' 울려 본다

잡념

무슨 생각인지 모르지만
들어오면 받아들이리라
잠 안 오는 밤
너라도 오면 얼마나 좋은지 몰라
옛일을 기억하고
혼자 웃기도 하지
바라는 소망에 기도도 하며
시원한 바람처럼 왔다 가거라
빨리 나가라고 소리치지 않겠다
이왕 왔으면 좋은 생각
열어주고 가거라

강을 건너다

겨울 강은 넘실넘실 유람선 띄운다

한적한 강바람
갈매기 홀로 자맥질하고

도시의 빌딩과 갈대숲
나란히 서 있다

강이 풀렸다고
강 건너는 일을 쉽게 볼 일 아니다

아직도 다 풀리지 않은
한강은 말이 없다

대부도

방조제 긴 다리 언제 벗어나려나
막바지 피서 인파 힘들어지고
바지락 칼국수 집 눈을 유혹한다

물 빠지는 앞바다
임자 없는 배 한 척
허전한 듯 흔들린다

오이 고추 가지 호박 상추 깻잎
토종닭 반찬들 줄지어 나오고
장어구이 삼겹살 빈대떡 막걸리
추억의 고향 소식 들려온다

파도치는 새벽 바다
요란하게 문 두드리는 바람
밝아오는 수평선
우리를 부른다

집어삼킬 듯 요란한 파도
흩날리는 머리 조아리며
사진 찍고 폼 내며 바닷가에 섰다

걸레

할 일 없으면 난 못 참아
바닥만 바라보며 닦는다

내 눈에는 바닥밖에 보이지 않아
빗자루가 지나가는 길
뒤따라가며 발자국을 지운다

닦지 않으면 쉬지 못하고
얼룩이 보이지 않을 때까지 닦는다

마음이 복잡할 때
별 같은 마음 되도록
반짝반짝 빛나게 닦는다

지우개

낙서만 보면 지우고 싶어
머리 조아리며 생각에 잠겨도
그 마음 쉽게 변하지 않는다

그래도
좋은 생각 이어지려나
조금 더 참아보아도
끝내 마음 문 열리지 않는다

공허한 마음 달래며
미련 없이 허상을 지운다

깨끗이 지우고 나니
새로운 세상 보인다

양우산

비바람 속 굳건한 모습
물 맞으면 또르르
옥구슬 만들어 보내고
불같은 더위
시원하게 식혀주며
허리 펴고 산다

가는 길 동행하며
누구의 바램도
거절하지 않고
오가는 행복한 길 내어준다

한낮 얼굴 스치는 가을볕
아직도 싫지 않아
너를 펼쳐본다

살아간다는 것은

막그릇

조심조심 다루지 않아도
깨지지 않을 사랑
항상 곁에 있어 쓸 수 있는
막그릇 같은
언제나 뜨겁게 먹을 수 있는
뚝배기 같은 마음
투박하고 볼품없지만
끓일수록 맛있는 된장찌개 같은
매일 먹어도 늘 새롭고
질리지 않는

밥은 어디에

한 끼라도 거르면
앞이 보이지 않고
허름한 의복은 참을 수 있어도
비어있는 뱃속은 염치가 없다

살아간다는 것은 무엇인가
평생을 벌어도 먹어야 할 밥이 없으니
어디에서 밥을 구하나
이리저리 돌다가 여기까지 왔다

동전 한 잎 내려놓는 손길
그것도 없는 빈손의 손길에도
봉사자들 정성들여 지은 밥
'밥퍼'는 밥을 준다

꿀꺽

한 번 뱉은 말
주워 담기 어렵다

먹는 즐거움은
배고픔이 채워주고

마시는 즐거움은
목마름이 채워준다

만남의 즐거움은
기다림이 채워주고

분한 마음 꿀꺽 삼키면
따뜻한 봄날 온다

제4부

꽃피는 마음

꽃망울

바람은 소리 없이
잠을 깨웁니다

얼굴이 간지러워
하늘을 올려다 봅니다

밝은 햇살에
눈이 부십니다

아직은 조용히
나의 봄을 기다립니다

살아간다는 것은

하얀 동백꽃

웃고 있는 하얀 미소
보기 드문 여인의 얼굴

남들과 같지 않아
더 사랑받고

홀로 피어 다소곳한
규방의 고적함

너에게 풍기는
은은한 향기

꽃피는 마음

여기저기 피어나는 꽃
산수유 목련 개나리 벚꽃
앞다투어 너도나도 피어난다

어제보다 더 문 활짝 열고
훔쳐본다고 나무라지도 않는다
그냥 사랑스러운 꽃
봄꽃 따라 내 마음도 핀다

끝없이 바라보아도
지치지 않고 싫증 나지 않아
기린처럼 목 빼고 바라본다

살아간다는 것은

봄기운은 꽃과 함께
꽃바람 맞으며
가슴까지 활짝 피어난다

절정의 봄날
온갖 꽃들이 웃는 거리에서
꽃동산 속 꽃들의 잔치
내 마음 포근히 안아본다

꽃처럼

꽃들이 활짝 웃는 마음 밭에
향기를 맡으며 걸어갑니다

다정한 연인처럼
머리 위에 꽃비를 뿌려줍니다

나는 누구에게 꽃처럼
기쁨 준 일 있었을까 생각해 봅니다

할 일을 마치고 떠나는 그 마음
활짝 웃는 얼굴이 부럽습니다

해마다 제 할 일 다 하고 떠나는
꽃처럼 살고 싶습니다

살아간다는 것은

꽃비

어디로 가는지 알 수 없지만
제 할 일 마치고 나뭇가지에 앉았다

보기 드문 너의 변신 축복처럼
세상에 없는 꽃비 내려준다

날아가는 그 모습 얼마나 평화로운지
보고 또 보며 바라기가 된다

너를 맞으며 웃을 수 있는 이 행복
내 마음 조용히 내려앉는다

언제나 평안 주며 떠나는 모습
한 장의 그림으로 옮기고 싶다

아카시아꽃

푸른 오월 문 열면
빨랫줄에 우리 아기 버선처럼
가지런히 널려 있다

뻐꾹! 울음소리 듣고
활짝 피어나는 꽃
그 꽃 따서 엄마는
꽃빵 만들었지

푸르고 갸름한 잎은
'딸까 말까 딸까' 게임 하며
해지는 줄 몰랐었지

줄기로는 머리 말아
오골 오골 변신에 우쭐대며
동네방네 뛰어다니던 시절

아카시아 꽃향기에 실려
봄날은 또 그렇게 갔다

망초꽃

노란 얼굴에 하얀 분 바르고
언제나 무리 지어 웃고 있네

자갈밭이라도
모여 있으면
꽃동산 된다네

세상 눈짓 한 번
받아보지 못한들 어떠리

이 세상 누구라도
살아야 할 이유가 있다네

웃으며 살다 보니
내 고향 여기라네

장미꽃 축제

장미들이 모여서 꽃동산 만들었다
아치로 노랑문 빨강문 분홍문 만들고
제 모습 그대로 풍만함을 자랑한다
햇볕 쨍쨍 눈부셔도
향기에 취해보다 가시에 찔려도
너와 함께라면 얼굴 찌푸릴 수 없고
네 옆에 있으면 환한 미소로 한식구 되어
안아보고 얼굴 가져다 대고 찰칵
언제나 너와 함께 살고 싶다

금계국

초록그늘 가득 채워진
뻐꾸기 우는 공원길
발걸음 멈추고 바라본다

어느 이국에서
샛노란 바람 타고
여기까지 왔는지
키다리 코스모스처럼 흔들린다

바라보는 무리 속에
'상쾌한 기분'이란 꽃말처럼
톡톡 튀는 그의 채취
고개를 갸우뚱 향수에 젖어본다

살아간다는 것은

황금빛 노을 속에

낯선 이국인 양

나비도 춤추며 쉬었다 간다

들국화

문 열고 기다리는 너의 미소
흔들리는 얼굴 들지 못하고
고개 숙인 그리움의 내음
스치는 바람소리에 귀 기울이며
여름내 기다리다 잠이 깨었다

서늘한 바람에도 기다림을 잊은 듯
언제나 가을바람을 맞이하고
기쁨이 솟아나는 포근한 마음
생명이 있다는 것을 아는지 모르는지
굳건한 의지 잊지 않고 기다리는
끈질긴 너의 모습 닮고 싶다

살아간다는 것은

해마다 마지막을 장식하는 너의 거룩함

온갖 꽃들이 손짓하는 가을 언덕에 홀로 피어서

잠자리도 무서리도 쉬었다 가게 하고

저녁의 적막함을 맞이하면서

언제나 침묵으로 답하는 네 모습

변함없는 그 모습 그대로가 좋다

튤립

네모진 얼굴에 금관 두르고

모여 있으면 더욱 빛나는 너

빨간색은 사랑의 고백

노란색은 희망

분홍색은 애정과 배려

보라색은 영원한 사랑

흰색은 사과와 용서라는 꽃말을 가지고 있네

차마 말 못할 사연

색색의 빛깔로 말하며

내 마음 대신하여 내미는 튤립

살아간다는 것은

들꽃 마을

땅만 있으면 꽃마을 만든다
외진 곳 자갈밭이면 어떠리
망초꽃 달맞이꽃 제비꽃 민들레
사이좋게 모여서 알콩달콩 살아간다
누구도 시샘하지 않고
제 할 일 다하며
모여서 사는 순하디 순한 마음
그 마을에서 한번 살아보고 싶다

들꽃의 기다림

밝은 햇살 먹고 사는
순수한 너의 마음처럼
때 묻지 않은 모습으로 살고 싶다

날마다 새로운 마음 열고
노을이 질 때까지 먼 하늘
바라보고 바라보다 고개 숙인다

누굴 기다리고 있을까
서쪽 하늘 저 멀리
보이지 않는 먼 곳 바라보면서

살아간다는 것은

아직도 돌아오지 않은
그리움에 기대어
가슴 열고 기다린다

가을이 다 가기까지
허공을 바라보는
청초한 너의 뒷모습
오늘도 바라기되어 서 있다

동백꽃 피는 마을

노란 동백꽃 피는 마을
경춘선 김유정역에 김유정이 있다

평생 구애해도
뜻을 이루지 못한 두 여인
가슴속에 묻어두고

짝사랑하지 않았으면
소설가가 될 수 없었다는 듯
당당하게 서 있다

혼자서 좋으면 그만일까
사랑에 자존심은 존재하지 않는다

사랑 모르는 사람과는 말할 수 없다

『봄봄』『동백꽃』『금따는 콩』

그 마을에 수많은 이야기들

동백꽃처럼 열려 있다

철없는 꽃

남쪽에 피어난 꽃들
이른 봄맞이 하니
겨울 외투가 무색하다

보기 드문 겨울 날씨
소한에 벌써 꽃이 피었다.
여기는 겨울
저기는 봄
누구의 마음인가

대한에는
무슨 꽃 필까
얼음꽃 피우려나
봄꽃 피우려나
비가 내린다

살아간다는 것은

늙은 호박

푸르름 가시고 누렇게 익은 얼굴
변신은 탐스러운 심볼 만들고
연륜 타고 지나간다
세월의 흔적 누구도 피할 수 없어
이제부터 부기 빼고 본질로 돌아선다
지나가는 푸른 날 붙잡지 말고
하고 싶은 일 하며
누릇누릇하게 익어가 보자

첫눈

행복을 신고 왔다

카톡카톡 열리며
곳곳에 오는 소식 듣고
창문 열어보니
점점 더 큰 송이로 내려온다

우산 쓰고 가는 사람들 속에
그냥 맞으며 가는 한 쌍

시가 내게로 온다
차곡차곡 쌓아본다

살아간다는 것은

찌푸리고 있는 머~언 하늘에도

나누어주고 싶다

첫눈

겨울 나비

나비야 나비야 하얀 나비야
하얀 눈 닮아서 하얀 나비야

꽃이 없어서 잔디에 앉았다 가느냐
누구를 만나려고 일찍 잠에서 깨어났느냐

참고 기다리면 꽃이 필 거야
기다리다 보면 친구도 오겠지

허공을 날아가는 겨울 나비야
잘 가거라 우리 다시 만나자

낙엽의 길

이리저리 날아다니며
어디로 가야 하는지 방향이 없어
자유가 무엇인지 모르겠지만
어디에서 멈추어야 하는지
어디에서 무얼 할까 갈 곳 없이
이리저리 부딪치며 가는 것일까
그것은 무엇을 의미하는지
미지의 세계는 알 수 없으나
잠시 멈추어 생각해 보는 마음
혼자이지만 외롭지 않다

겨울 나그네

맑은 햇살처럼 길을 나서니
황금의 하트 사랑을 노래하고
가을이 무르익어 다시 봄이다

떨어져 쌓인 낙엽 밟으며
초라해지는 마음
인생의 가을은 메말라 보이고
그냥 지날 수 없다

가을을 재촉하는 비를 맞으며
새로운 길 걷고 싶다

주춤거리며 걸어가는 인생길
더딘 걸음으로 가고 싶어

살아간다는 것은

이리저리 돌아보며

조용히 마음 밟으며 간다

절정의 순간

뜨겁게 타는 태양
쉼 없이 흐르는 땀방울
누구도 피해 갈 수 없다

숨 막히는 코로나 변이
날로 더 왕성해지고
거듭되는 이어짐에
지루한 기다림

장마가 길어지면
물이 넘치는 것은 순간이다

마음 졸이며 별 헤는 밤
가슴 조여오는 숨결들

살아간다는 것은

어디다 하소연할까
밤이 점점 깊어간다

더 길어지기 전에
냉기로 차단하여
강철 같은 집으로
막을 내려야 한다

하늘공원 억새

푸른 세월 뒤로하고
짱짱한 햇볕에 무르익은 억새
은빛 물결 출렁이고 하늘 향해 반짝인다

뭇사람들 맞으면서 변신은 끝이 없고
벌판 가득 가슴 속 모든 것 내어주며
늦가을 하얗게 깃털 날리며 춤춘다

바람과 만나 서로를 보듬으며 토닥여주고
바람의 등에 씨앗 한줌 업혀 보낸다

모두가 추수한 벼처럼 베어지고 난 뒤
곰돌이로 태어나고 애벌레도 만들어졌다

살아간다는 것은

제5부

기도

기도의 힘

처음엔 그분이 어디에 있는지 몰랐답니다

믿고 보니 어디를 가도 함께 있었어요

매일같이 그분과 동행하니 두려움이 없답니다

그분에게 모든 것 알리고 나면

기분이 좋아진답니다

남 얘기하면 이간거리 되는 일도

그분에게 얘기하면 잘 해결되지요

기쁜 일 있을 때도

보기 싫은 사람이 생겨도

아픈 사람 있어도 알려 주세요

그분은 비밀을 지켜주시고

상한 마음 고쳐 주시거든요

그러니 그분에게만 모든 것 알려주세요

살아간다는 것은

새해 기도

해마다 오는 추위에 움츠리지 말고
새해는 따듯하게 맞이하게 하소서

자고 일어나면 눈이 보이고
귀가 들리며
몸을 움직일 수 있음에
감사할 수 있게 하소서

한 살 나이를 더하듯이
좀 더 밝고 슬기로운 생각으로
부족함 붙잡고 기도하게 하소서

아무리 매서운 바람 불어도
언 땅 뚫고 파릇한 새싹 돋아나듯이
새로운 삶이 우리 앞에 있게 하소서

기도

오늘도 당신 앞에 기도합니다
오랫동안 '코로나19'가 물러가기를
기다리고 기다려도 끝이 없습니다

세상은 변하고 앞날을 알지 못하는
시간이 이어지고 있습니다
저희들을 불쌍히 여기시고
이 일로 인하여 더 좋은 세상이 되게 하시고
기도를 받아주시길 원합니다

반드시 '코로나19'를
우리 앞에 무릎 꿇리게 하소서
당신을 생각하며
그래도 희망을 가져봅니다

살아간다는 것은

이번 기회로 더 좋은 세상을
우리에게 주시길 기도합니다

이렇게라도 당신 앞에 기도할 수 있는
힘을 주서서 감사합니다
기도 사연마다 응답하여 주시고
저희들 잘못이 있다면 용서하여 주시옵소서

인류를 사랑하시는 하나님
당신 앞에 고개 숙여 기도합니다

받아주소서

당신께서 주신 사 남매
잘 키워서 세상에 내어놓으시고
고생하신 우리 어머니

마지막 가는 길에
아무것도 드릴 것이 없어
기도합니다

하나님, 어머니
천국으로 불러주세요
아픔과 고통이 없는 나라
그곳에서 편히 쉬게 하소서

살아간다는 것은

비록 살아생전 당신을
잘 섬기지는 못하였지만
불쌍히 여기시고
어머니를 받아주소서

그곳에는 아픈 것도 없고
영원히 살 수 있는 곳
그곳에서 편히 쉬게 하소서

"영접하는 자
그 이름을 부르는 자는
영생을 얻으리라" (요1;12)

입

모든 것이 다 내 책임인가요
이제 와서 책임을 묻고 싶지 않아
네가 없으면 하루도 살 수 없었다

그 삶이 얼마나 좋았던지
좋은 세상 살아왔다는 것을
'코로나19'가 오고부터 알게 되었다

너를 다물고 살 수만 있었다면 좋았을 텐데
잠시도 다물지 못하고 끊임없이 혹사시키고
침방울을 들여보내고 내보냈다

"입에 들어가는 것이 사람을
더럽게 하는 것이 아니라

입에서 나오는 그것이
사람을 더럽게 하는 것이라" (마;15-10)

진리의 말씀 미처 깨닫지 못하고
소중하게 생각하지 못하였으니
함부로 열다가 온 세상이 시끄럽다

마스크 · 1

너의 정체가
이렇게 귀중한 것인지
미세먼지가 있어도
그저 답답하다고
너를 관심밖에 두었다

신종바이러스가 오는 바람에
너의 소중함을 알고
너의 존재가 이렇게
귀중한 것을 이제 알았다

있을 때 잘 하란 말이
이제야 실감나는구나

살아간다는 것은

코 막고 입 막고 살아라
너무 그동안 떠들고 살았다

줄을 서서 사려고 하나
너는 순식간에 없어지고
물자의 귀중함도 이제야 알았다

마스크 · 2

세수하지 않아도 분 바르지 않아도
알아보지 못하게 하는 너의 정체
누구인지 눈만 보고 알 수가 없다

외계인 같은 존재들 벗은 사람 보면
이상해지고 이제는 너 없이 못 살겠다
어디 가도 안심 주며 위안이 되는 너

눈만 내놓고 오늘도 거리를 나간다
눈인사로 세상을 맞이하고
그래도 봄은 오고 꽃이 피었구나

언제쯤 너를 벗고 웃을 날이 오려나
기다려지지만 그래도 너는 방패가 되어
코로나 미세먼지 막아주는 고마운 존재

살아간다는 것은

눈빛만 보고 살아가기

언젠가는 근심 속에
밖으로 나가지 못하고
몸을 숨기고도 싶었지만
더러는 핑계 삼아 집콕도 했다
생각 없이 지내는 것은 축복
시간이 지나고 나니 감각 없으면 좋아
너만 쓰면 모두가 괜찮겠지
문제가 해결된 것처럼 활기가 넘치고
언제나 벗을 날 오려나 알 수도 없네
이제는 필수품이 되어버린 너
모든 것을 가려주는 고마운 마음
가리고 가리는 것이 대세여서
눈빛만 보아도 아는 세상
끝까지 지켜주는 생명 같은 보배
그내 이름은 마스크

운명의 길

- 안희수 장편소설 『운명의 길』을 읽고

그는 열 살 나이에
아버지와 단둘이 북에서 남으로 내려왔다
두고 온 누나와 어린 동생들을 가슴에 묻었지만
다행히도 다정한 이모 밑에 자라서
우리나라 최고의 대학 교수가 되었다

퇴직 후 문화원 문학반에 들어와
시를 쓰고 소설을 쓰고 세계 곳곳을 여행하면서
어떻게 하면 북에 두고 온 혈육들을
한 번이라도 만날 수 있을지 고심을 했다

따뜻한 인품과 낭만적인 작가는
세상을 달리며 외로움을 달랬고
'일흔에는 마음대로, 하고 싶은 대로 해도

　　　　　　　살아간다는 것은

법도를 넘어서지 않게 되었다'는
공자님 말씀 그대로 살아가고 있다.

온 세상이 '코로나19'로 힘들어할 때
눈물과 희망으로 쓴 소설을 통해
기적적으로 사 남매 모두를 만나
가슴에 응어리를 풀어내고
상상으로나마 평생의 한을 풀었다

일상이 전환된 '운명의 길'은
우리들의 가슴을 울렸다
그리고 오래오래 생각하게 한다
한 인간이 세상을 살아가는데
운명이란 과연 무엇인가…

가을 편지

국화꽃 피는 카톡방에 가을이 왔습니다

꽃잎 초대장이 반갑게 도착했습니다

선생님의 초대장입니다

코로나로 지친 마음을 환하게 녹여줍니다

얼마나 기다렸던 편지인지 모릅니다

네 명이 당첨되었습니다

파란 가을하늘이 우리를 반겨주었습니다

마당에는 국화꽃이 만발한 꽃길을 만들고

가을이 무르익고 있습니다

별방에는 스승님의 인생 여정이

가득 채워져 있습니다

저절로 고개가 숙여집니다

안채로 들어가 차를 마시며

병풍처럼 둘러싸인 무지개 같은 앞산을 바라봅니다

살아간다는 것은

때마침 벼 베는 기계소리가 들립니다
왔다갔다 몇 번을 돌더니
금세 타작까지 하고 허허벌판이 됩니다
어린 시절 고향의 볏가리가 생각났지요
세월이 참 많이 변했습니다
지난날은 머언 추억 속의 일입니다
뒤안길을 걸으며 추억 속으로 들어가 봅니다
무밭 머위 취나물 도토리나무 두릅나무 매실나무
그곳에는 추억이 많이 살고 있습니다
쌀밥 집에서 임금님 수라상을 받습니다
생전에 잊지 못할 감사의 수라상입니다
늙은 제자들을 사랑하시는 마음이 보입니다
선생님, 항상 건강하시고 저희들과 함께 해 주세요
감사합니다

권사 은퇴

오랜 세월 동안 지켜주시고
당신께서 맡겨주신 사명
잘 감당하게 하셔서 감사합니다

이제는 육신적으로
나약해서 떠나야 하는 몸
벌써 그리되었나 생각하니
서글프기도 하지만
좋은 일, 후회할 일 가리지 않고
감사하게 하시니
그보다 더 좋은 은혜가 있을까요

당신을 몰랐다면
땅에 떨어져 있을 나의 존재

살아간다는 것은

언제나 지켜주시고 바른길로
인도해 주신 그 말씀 감사합니다

떠나는 날까지
더 잘했더라면 하고
후회하는 마음이 들기도 하지만
지켜주서서 감사합니다

삶의 무게

강남고려병원 707호
그녀가 누워 있다

서서 다니기도 힘들어
주저앉은 다리
힘없이 내려앉은
삶의 무게 버거운 짐이다

얼굴에 내려앉은 세월
이제는 마음대로 사는 세상 아니다

가는 길도 비틀비틀
중심이 흔들린다

살아간다는 것은

세월의 흔적

수세미의 주름처럼 자글자글한 손등을 보며
고단했던 세월이 생각나는 시간들
내게는 세월이 가지 않을 줄 알았네

세상에 내어놓기도 이제는 어설픈 얼굴
세월은 거짓말을 하지 않고 흐르고
머리는 하얗게 물들어 깨끗하게 살자 하네

지워보려고 물들이며 감추어보지만
세월의 흔적 감추지 못하고
온몸이 이구동성 다투며 시샘을 하네

이것도 끈질긴 시간의 연속
그 시간이 없었다면 흔적도 없었으리
이 모두가 지나간 시간을 말해주는 표창장이라네

한해의 길 위에서

마지막 잎새처럼 남아 있는
12월의 달력을 바라본다

처음 계획대로 잘 지키며 살았는지
마음에게 알아본다

감사는 하고 살았는지
사랑과 기도는 뿌리를 내렸는지
나무에게 물어본다

너처럼 겨울 준비 해야 하는데
지키지 못한 약속들이 바람처럼 스쳐간다

살아간다는 것은

아직도 남아 있는 미련들이
저녁노을에 걸려 있다

움직여야 산다

살아온 세월만큼 굳어져 가는 몸
움직여주는 것이 사는 길
틈만 있으면 땀 흘리고 걸어야 한다네

'네가 좀 더 자자, 좀 더 졸자,
손을 모으고 좀 더 누워 있자 하니
네 빈궁이 강도같이 오며
네 곤핍이 군사같이 이르리라' (잠24:33-34)

백세시대 사람들이여 몸을 움직여라
이 세상 모든 것은 하나도
그냥 되는 일 없다네

살아간다는 것은

저마다 자란 나무와 꽃과 잡초

보아주는 이 없어도

부지런히 희망을 가지고 산다네

내가 걸어온 길

태어난 지 열흘 된 딸
솜에 싸서 업고 피난 가시던 어머니
수없이 들여다보셨다던
그날의 아버지 보이지 않네

오리길 초등학교를 걸어서 다니던
꼬마친구들 보이지 않고
찔레꽃 피던 언덕길엔
낯선 곧은 길 이어지고 있네

고등학교 시절 통학버스 타고
꿈을 키우던 그때
'오라이' 하고 외치던
그날의 안내양이 없네

살아간다는 것은

첫아이 태어나
미역국을 먹던 젊음이 없고
이국 교회에서 만나
향수병을 나누던 친구가 생각나네

문화원에서 시를 찾아 헤매고 난 뒤
마침내 등단의 문이 열리고
시집을 발간하고 수줍어하던 그때
늦깎이 대학생의 문이 열렸네

마음의 단순함은 어디까지

별일 아니야, 라고 말해도 의심은 이어지고
길거리의 걸림돌처럼 언제고 넘어뜨릴 수 있다
작은 감기야, 라고 말해도 창백한 얼굴은
마스크를 벗을 수 없게 만들었다

어느 날 전철에서 기침하고는
알레르기가 왔구나 하고 대부분의 사람처럼
아무렇지 않게 살아가고 있다

병은 이리저리 옮겨 다니면서 버스를 타고
시장을 가고 집으로 걸어와서
우리처럼 살아가다가 죽고 만다

살아간다는 것은

누구에게나 새 아침은 온다

그것이 소독된 병실인지는 몰라도 된다

저녁 해가 기울어지면

TV 보며 우리들이 살아가는 이야기 보고

아무렇지도 않게 희희낙락 살아간다

저녁은 아직도 끝나지 않은 숙제를 뒤로한 채

어두운 밤 비행하는 나비처럼

매일 달라 보이는 하늘 아래에서

우리들은 끊임없이 모였다 흩어지고 있다

해설

반듯하고 정갈한 삶의 무늬

- 김진선 제2시집 『살아간다는 것은』에 부쳐

박수진(朴水鎭, 시인)

1. 들어가는 말

시인이 되기 전에 시인의 가슴을 지니고 살아야 한다는 말이 있다. 쉬운 말 같지만 그 속에 들어있는 뜻이 결코 가볍지 않다. 주변에 시인은 많지만 시인의 가슴을 지니고 살아가는 사람을 만나기는 어렵다. 무릇 시를 쓰고자 하는 이라면 일상의 생활 속에서 이기와 편협보다는 배려와 화

합을, 크고 화려함보다는 작고 소박함을 사랑하며, 기이하고 생경한 것을 추구하기보다는 평범하고 익숙한 일상에 가치를 두어야 한다. 감사와 감탄과 생명있는 것에 대한 연민으로 살아가는 일이 시인 되기보다 어려운 것이 솔직한 고백이다.

여기 시인이 되기 전부터 시인의 가슴으로 살아온 분이 있다. 바로 김진선 시인이다. 문학교실을 통해 교류한 지 10여 년이 훨씬 넘었지만, 나이 들어가면 완고해지거나 감성이 무뎌지기 쉬운데 그에게서는 한 번도 그런 모습을 본 적이 없다. 고전적으로 표현하자면 가정에서는 현모양처이며, 밖에서는 겸손과 봉사와 순종으로 일관한 종교인이며, 배움에 있어서는 열정과 성실함을 갖춘 내유외강의 미덕을 두루 갖춘 이 시대에 보기 드문 생활 시인이다. 이 말이 허투루 하는 찬사가 아님은 시인이 쓴 짧은 머리말이 잘 대변해 주고 있다.

시집 페이지를 넘길 때마다 만나게 될 시편들은 한마디로 말해 시인이 살아온 '반듯하고 정갈한 삶의 무늬'들이다. 고기는 과격을 멀리하고 시집이 표제처럼 '살아간다는 것'

은' 어떤 의미인지를 담담하게 그려낸 김진선 시인의 시들을 만나보기로 한다.

2. 봄을 맞는 기쁨과 여정의 시

1부와 2부에 실린 시편들은 봄의 서정과 여정을 표현한 작품들이 주를 이룬다. '보다'에서 파생된 봄은 말 그대로 볼 것이 많아 시상을 떠올리기 좋은 계절이다. 김진선 시인은 흑백의 긴 겨울을 보내고 파릇파릇 새싹이 돋아나고 꽃이 피는 봄을 유난히 좋아해 봄날을 소재로 한 시들이 유난히 많다.

요동치는 몸부림
온갖 고뇌 저버리고

따사로운 햇살 속으로

날개옷 갈아입고

바람에 날리는 머릿결
머플러로 포근히 감싸며

오늘도 새로운 길
　　　　　　　가볍게 걸어가는 여인 – 「봄 여인」 전문

　아무리 고요하고 평온한 삶을 살아가는 듯하여도 사람살
이에서 갈등과 고뇌가 없을 리 없다. 가정의 평화와 행복을
가져오기 위해서는 안 주인인 여인들의 오랜 기다림과 인내
가 있어야 한다. 말로 다 하지 못하는 그 긴 사연을 '요동치
는 몸부림 온갖 고뇌'라는 구절로 압축해 놓았다. 무거운
겨울옷 벗어 던지고 날개옷 갈아입고 길을 나서는 여인은
시인의 자화상이다. 그가 향하는 곳은 어둡고 칙칙한 지난
날이 아닌 밝고 희망이 있는 '새로운 길'이다. 짧은 시 한 편
을 통해서도 시인의 삶의 모습과 내면을 가감 없이 만날 수
있는 기쁨을 누리게 된다.

움막에서 잠을 잔다

목마름에 견디다 못해

어미젖을 먹으면서

여기저기 움텄다

비껴가는 햇살이 요동치는 오후

엄마 품에서 떨어져 나왔다

홀로서기 하면서

고통의 순간은 지나가고

새로운 세상이 보인다

꽃도 피고

나비도 찾아왔다

뿌리 깊은 우리 가족

알알이 커간다 – 「감자의 봄」 전문

  역시 봄날을 노래한 「감자의 봄」은 감자를 의인화해 번성
해 가는 가족을 그리고 있다. 겨울을 무사히 넘긴 감자는
남 먼저 봄이 오는 기미를 알아차리고 제 몸 곳곳에 움을
틔운다. 그 움을 감자의 눈이라고 하는데 종족 번식의 신비

살아간다는 것은

다. 그래서 농부는 서둘러 거름을 뿌려 밭갈이를 하고 봄 농사의 앞머리에 완두콩과 함께 눈을 떼 내어 감자를 심는다. 감자의 싹이 나고 수수한 꽃이 피면 나비가 찾아오는 꽃시절을 맞는다. 그러는 사이 땅속에서는 뿌리를 깊이 내리고 씨알이 영글어 간다.

어쩌면 지난 시절 시인이 이룬 가정의 출발도 '움막'에 해당하는 단칸 셋방이었을지 모른다. 힘들게 살아오며 자녀를 키워내고 가정을 번성시킨 과정을 감자의 일대기에 이입시켜 그려낼 수 있는 것은 시인만이 할 수 있는 특기이자 특권이다.

2부에 배치한 시편들은 기행시가 주를 이루고 있다.

글쓰기에서 흔히 추천하는 방법이 여행이다. 여행은 새로운 것을 발견하며 영혼을 풍성하게 해 주기 때문에 작가에게는 여행이 곧 글쓰기인 까닭이다.

　　어려운 길을 간다고
　　사람들은 말하지만

내가 몰랐던 것 알고 창작도 해보고

때로는 힘들고 막힐 때도 많지만

소치는 십여 개의 벼루에 구멍을 냈다는데

나는 하나의 벼루에도

구멍을 내 본 적 있었던가

누가 뭐라 해도 끝까지 가는 거야

하나의 신발이 다 해질 때까지

달력이 매달 넘어가듯이

언제가 될지는 몰라도

하루하루 기쁘게 사는 거야

- 「나의 다짐」 부분

2부의 소제목 '눈길 머무는 곳마다'처럼 여행지마다 시인은 떠오른 시상을 놓치지 않고 펜을 들어 메모한다. 「나의 다짐」은 예향 진도를 여행하며 운림산방에서 서예 작품을 보며 시인으로서의 다짐을 쓴 시이다. 장르는 다르지만 모든 예술의 길은 하나로 통한다. 바로 마부위침, 절차탁마하는 자세이다.

시에서 말하는 소치는 남종화의 종조인 허련(1808~1893)의 호이다. 이곳 진도에서 태어나 일찍이 초의 선사와 추사 김정희의 제자가 되어 남종화의 대가로 우뚝 선 조선 말엽의 인물이다. 그의 아들 미산 허형과 손자인 남농 허건에 이르며 3대에 걸쳐 남종화의 예맥을 이어온 진도가 자랑하는 예술 명가이다. 동양화와 서예에 안목이 깊지 않은 사람이라도 소치의 글씨와 그림 앞에 서면 절로 옷깃을 여미게 되는데, 막연히 타고난 대가인 줄만 알았던 소치 허련이 십여 개의 벼루에 구멍을 낼 만큼 정진했다는 해설을 듣고 시인은 글쓰기와 배움에 안일했던 자신을 채찍질하는 모습이 믿음직하고 아름답다. 이어지는 시 「배움의 길」도 같은 맥락의 작품이다.

　　　무슨 잘못 그리 크게 했는지
　　　평생 삿갓 쓰고 방랑길을 나섰나
　　　가다가 배고프면 시 쓰고
　　　고향이 그리우면 또 쓰고
　　　조상의 억척 오명 벗기 위함인까

살아있는 것에 대한 죄스러움일까

왜 사시사철 벗지를 못 하였나

삿갓 쓴 시인이여

얼마나 애달프면 평생에 삿갓 쓰고

방랑시인 되었나

그는 가고 없어도

시는 남았다

삿갓은 남았다

– 「어떤 삶」 전문

　강원도 영월을 찾은 발길은 한적한 산속의 김삿갓 묘소
에 잠시 머문다. 조상의 멍에 때문에 벼슬길을 포기하고 주
유천하 한 방랑시인 김병연의 묘 앞에서 시인은 '삿갓 쓴 시
인이여 / 얼마나 애달프면 평생에 삿갓 쓰고 / 방랑시인 되
었나' 하고 안타까운 마음을 노래한다. 그의 벗은 한잔 술
과 담배와 시였던지 참배객이 담배에 불을 붙여 술과 함께
상석 위에 올려놓으면 비가 오는 날도 다 탈 때까지 꺼지지
않는다고 한다. 그 말이 사실이 아니더라도 '그는 가고 없어

도 / 시는 남았다 / 삿갓은 남았다'는 시인의 언술처럼 글을 쓰는 동류의 사람들은 그의 시혼이 우리 곁에 살아있음을 믿고 싶은 것이다.

3. 삶의 의미와 '꽃피는 마음'

3부와 4부에 펼쳐놓은 시편들은 시인이 살아가는 일상의 모습과 자세를 통해 삶의 의미를 그려내고 있다. 먼저 시집의 표제가 된 「살아간다는 것은」 시를 만나본다.

> 그렇게
> 만만한 것은 아니었다네
>
> 배추같이 뻣뻣한 몸도
> 소금물과 함께 있으면
> 온 몸이 부드러워졌다네

당근 같은 단단한 마음도
끓는 물 속에서 오래도록
참고 기다렸더니 부드러워졌다네

커피에 뜨거운 물 부었더니
온 집안에 향기가 났다네

그 향기에 취해 살다 보니
이 세상 살만한 곳이 되었다네

　　　　　　　　　　－「살아간다는 것은」전문

　사람은 누구나 자기 삶에서 짊어지고 가야 할 십자가의
무게가 있다는 말이 있다. 십자가의 무게라는 표현이 너무
무겁다면 숙명적으로 감당해야 할 무게라고 해도 좋을 것
이다. 거두절미하고 시인은 그것을 '그렇게 / 만만한 것은
아니었다네'라는 표현으로 단숨에 뛰어 들어가는 표현의
기지를 발휘한다. '뻣뻣한 몸'과 '단단한 마음'을 부드럽게 하
기까지는 인내와 기다림이 필요했다. 그것은 아마도 시인이

살아오는 동안 평생의 과업이었으리라. 그리고 '커피에 뜨거운 물 부었더니 / 온 집안에 향기가' 가득하고 자신이 만든 '그 향기에 취해 살다 보니 / 이 세상 살만한 곳이 되었다네'로 마무리를 짓는다, 일상에서 찾은 적확한 비유와 생경하지 않은 쉬운 언어, 논리적 흐름에 이르기까지 공감과 감동을 주기에 모자람이 없는 완성도가 높은 작품이다.

일을 해도 표시가 나지 않지만, 안 하면 금방 표가 난다는 가정사의 중요한 과제인 청소를 소재로 한 「걸레」에서 '마음이 복잡할 때 / 별 같은 마음 되도록 / 반짝반짝 빛나게 닦는다'는 구절도 시인의 삶의 모습이 진솔하게 잘 그려진 시이다.

그런가 하면 4부에 배치한 꽃들의 잔치 마당, 꽃피는 마음에서는 사계절 피어나는 여러 꽃에다 시심을 실어 순수하고 아름다운 마음을 노래하고 있다.

꽃들이 활짝 웃는 마음 밭에
향기를 맡으며 걸어갑니다

다정한 연인처럼
머리 위에 꽃비를 뿌려줍니다

나는 누구에게 꽃처럼
기쁨 준 일 있었을까 생각해 봅니다

할 일을 마치고 떠나는 그 마음
활짝 웃는 얼굴이 부럽습니다

해마다 제 할 일 다 하고 떠나는
꽃처럼 살고 싶습니다

– 「꽃처럼」 전문

꽃향기 맡으며 걸어가는 길, 머리 위로 꽃비가 내려 그야
말로 꽃시절이다. 이보다 더 행복한 시간이 있을까. 기쁨을
주는 꽃을 보며 '나는 누구에게 꽃처럼 / 기쁨 준 일 있었
을까' 하고 스스로를 돌아본다. 지난날 큰 공감을 주던 '연
탄재 함부로 발로 차지 마라, 너는 누구에게 한 번이라도

뜨거운 사람이었느냐'하는 안도현의 시 「너에게 묻는다」를 연상시킨다. 그리고 역시 김현승 시인의 명시 「낙화」에 나오는 구절 '가야 할 때가 언제인지를 알고 떠나는 이의 뒷모습은 얼마나 아름다운가'처럼 지는 모습조차 아름다운 봄꽃을 보며 '해마다 제 할 일 다 하고 떠나는 / 꽃처럼 살고 싶습니다'라는 소망을 담는다. 시인의 가슴을 지니고 사는 사람이 느끼고 노래할 수 있는 꽃을 닮은 마음, 시심이다.

시인은 잡초로 취급받는 흔한 '망초꽃'에도 시선을 주며 '세상 눈짓 한 번 / 받아보지 못한들 어떠리 / 이 세상 누구라도 / 살아야 할 이유가 있다네'라고 애정을 표현한다. 크고 화려한 것에 마음을 뺏기고 사는 물신주의 시대에 작고 소외된 생명에 대해 관심과 사랑을 전하는 시인의 고운 마음이 드러나 읽는 이의 가슴을 따뜻하게 해 준다.

푸르름 가시고 누렇게 익은 얼굴
변신은 탐스러운 심볼 만들고
연륜 타고 지나간다
세월의 흔적 누구도 피할 수 없어

해설   179

이제부터 부기 빼고 본질로 돌아선다
지나가는 푸른 날 붙잡지 말고
하고 싶은 일 하며
누릇누릇하게 익어가 보자

—「늙은 호박」 전문

　애호박의 대칭되는 말이 '늙은 호박'이다. 다른 야채나 과일에는 잘 쓰지 않는데 유독 호박은 늙는다고 생각한 우리말 표현이 재미있다. 여기서 늙는다는 익는다와 동의어라는 사실을 시인은 알고 있다. 대중가요 가사 중에는 '우리는 늙어가는 것이 아니라 익어가는 겁니다.'라고 구별했지만 늙음과 익음을 동일시한다면 굳이 늙어가는 것을 피하거나 부정적으로 볼 필요는 없다. 그래서 시인은 '이제부터 부기 빼고 본질로 돌아선다'라고 늙어감의 의미를 새롭게 부여하며 '누릇누릇하게 익어가 보자'고 다짐하며 우리에게 권하고 있다. 한 생을 잘 살아낸 사람이 아니고는 쉽게 하기 어려운 표현이다. 가을이 되어 늙은 호박, 아니 잘 익은 누런 호박을 볼 때마다 떠오를 시이다.

　　　　　　　　　　　살아간다는 것은

4. 기도와 은총으로 이어가는 삶

  김진선 시인은 오랫동안 권사의 직분을 맡아 봉사해 온 독실한 기독교인이다. 그러나 그는 어디에서도 티를 내거나 믿음의 다름에 대해 편협하지 않다. 오른손이 하는 일을 왼손이 모르게 하라는 성경 말씀처럼 조용히 실천하며 '기도의 힘'을 믿는다. 그리고 아름다운 기도의 무늬를 언어로 직조해 남긴다.

> 처음엔 그분이 어디에 있는지 몰랐답니다
> 믿고 보니 어디를 가도 함께 있었어요
> 매일같이 그분과 동행하니 두려움이 없답니다
> 그분에게 모든 것 알리고 나면
> 기분이 좋아진답니다
> 남 얘기하면 이간거리 되는 일도
> 그분에게 얘기하면 잘 해결되지요
> 기쁜 일 있을 때도
> 보기 싫은 사람이 생겨도

아픈 사람 있어도 알려 주세요

그분은 비밀을 지켜주시고

상한 마음 고쳐 주시거든요

그러니 그분에게만 모든 것 알려주세요

– 「기도의 힘」 전문

5부에 실은 이 시는 참으로 많은 내용을 포함하고 있는 훌륭한 작품이다. 짧은 글 속에 믿음의 성숙 단계, 종교의 역할과 장점, 전도까지 누가 읽어도 이질감 없이 믿음으로 이끄는 힘이 있다. 이를 두고 시인은 '기도의 힘'이라고 명명 했다. 어떤 어려움, 어떤 비밀이나 상처도 '그분은 비밀을 지 켜주시고 / 상한 마음 고쳐 주시'니 얼마나 고맙고 은혜로 운 그분이신가. 마지막 권유까지 부드럽고 다정한 어투와 마음이 시인과 '그분'이 오버랩 되는 경험을 하게 된다.

더 많은 시를 언급하고 싶지만 지면의 제한으로 시 한 편 에 일생을 압축한 「내가 걸어온 길」을 함께 읽으며 다른 시 편들은 독자들의 감상에 맡기고자 한다.

태어난 지 열흘 된 딸
솜에 싸서 업고 피난 가시던 어머니
수없이 들여다보셨다던
그날의 아버지 보이지 않네

오리길 초등학교를 걸어서 다니던
꼬마친구들 보이지 않고
찔레꽃 피던 언덕길엔
낯선 곧은 길 이어지고 있네

고등학교 시절 통학버스 타고
꿈을 키우던 그때
'오라이' 하고 외치던
그날의 안내양이 없네

첫아이 태어나
미역국을 먹던 젊음이 없고
이국 교회에서 만나

향수병을 나누던 친구가 생각나네

문화원에서 시를 찾아 헤매고 난 뒤
마침내 등단의 문이 열리고
시집을 발간하고 수줍어하던 그때
늦깎이 대학생의 문이 열렸네

–「내가 걸어온 길」 전문

　김진선 시인은 충북 괴산에서 6.25전쟁 중에 태어났다. 전쟁과 가난의 시대를 살았지만 부모님의 사랑이 있어 고향에서 여고를 졸업하고 성실한 남편을 만나 일본 생활도 경험했다. 자녀를 낳아 훌륭히 키워내며 화목한 가정을 이루고 종교인으로서도 존경받는 삶을 살아왔으니 그것 만으로서도 박수를 받아 마땅한 일이다. 거기에 더해 문학에 대한 목마름을 채워나가 등단 시인이 되어 두 권의 시집을 출간하고, 배움에 대한 열정으로 늦깎이 대학생이 되어 고군분투한 끝에 고희 문턱을 넘을 즈음에 학사모까지 쓰게 되었다. 이 모든 과정이 스스로의 노력과 더불어 가족의 응원

이 있었기에 가능한 일이었을 것이다. 그래서 그는 당당히 말한다. 내가 걸어온 길, 내 삶의 의미 있음에 대하여.

5. 나가는 말

어떤 작가의 말처럼 글쓰기가 없었다면 삶이 얼마나 나약하고 가난했을까. 김진선 시인도 이 말에 크게 머리를 끄덕이리라 믿는다. 좋은 글에 대한 정의는 수없이 많지만 언행일치나 지행일치라는 말처럼 사람과 글이 일치하는 것이 최고의 가치라고 본다. 시 또한 시인의 삶과 시의 내용이 일치할 때 그 감동의 폭과 깊이가 담보된다고 본다.

생전에 성자 시인으로 불리던 구상 시인께서 말씀하셨다. 말로 업을 지은 자들이 가는 지옥이 무간지옥인데 그곳은 혀가 서 발 닷 자나 빠지는 엄청난 고통을 당한다는 것이다. 그런데 무간지옥에 떨어지는 세 부류의 사람은 남을 모함하고 상내방 힐뜯기를 일삼는 정치인과, 말과 행위가

일치하기 어려운 성직자나 교육자, 그리고 시인이라니 얼마나 놀라운 일인가. 눈만 뜨면 뉴스에 나오는 악인이 많고 많은 세상에 빛과 소금 역할을 자처하는 성직자나 교육자, 더구나 언어의 연금술사를 자칭하며 순수 서정의 대명사로 칭송받는 시인이 무간지옥행 특급열차 예약 손님이란 말이 믿어지지 않을지 모른다. 말로 죄를 짓기 쉬운 만큼 평소에 말과 행동을 조심하라는 경책으로 한 말씀이겠지만, 특히 시인들에게는 진실과 먼 비단같이 곱게 꾸며내는 말, 이름하여 기어(綺語) 사용에 대한 경계였을 것이다. 그런 점에서 시어 구사에서조차 소박하고 정직한 김진선 시인이야말로 기어의 죄에서도 자유롭다고 하겠다. 예술은 물론 사회 어느 분야에서나 괴짜가 조명받고 새로운 것만을 추구하는 현실에 한사코 정통 서정의 길을 걷는 시인의 발걸음이 더욱 성숙해져 대교약졸(大巧若拙)의 경지를 향한다면 금상첨화일 것이다.

산문에서 출발해 오랜 기간 시창작에 매진한 결과 두 번째 시집을 출간하게 된 것을 진심으로 축하드린다. 더구나 굳은 의지로 대학 졸업장과 함께하는 영광이어서 더욱 귀

살아간다는 것은

한 선물이 되었다고 보아 거듭 시집 상재를 축하드리며 앞
날의 행운을 빈다.